BAKUGAN®

ARMORED ALLIANCE

Adapté des épisodes « La visite du voleur fantôme » et « Ajit, le voleur fantôme ».
D'après le scénario de Kazuhiko Inukai.

Novélisation : Élizabeth Barféty.
Conception graphique du roman et mise en pages : Julie Le Berre.

Hachette Livre, 58, rue Jean-Bleuzen, 92178 Vanves Cedex

BAKUGAN
ARMORED ALLIANCE

LE VOLEUR FANTÔME

hachette
JEUNESSE

DAN KOUZO

Dynamique et audacieux, Dan est le chef de file des Fantastiques, et il a vraiment l'étoffe d'un héros. Sa devise ? « Au combat ! » Drago, son Bakugan, prend la forme d'un noble dragon.

WYNTON STYLES

Wynton est le cerveau du groupe. Pour compenser son intelligence hors du commun, il aime faire des farces, ce qui lui attire souvent des ennuis ! Son Bakugan, Trox, est un adversaire redouté.

LIA VENEGAS

Lia est une jeune fille créative et pleine de vie. Caméra en main, elle ne manque jamais de filmer les Bakugan et leurs exploits. Sa partenaire, Pegatrix, se considère comme la reine des Bakugan.

SHUN KAZAMI

Très mature pour son âge, Shun a parcouru la moitié du globe pour rejoindre l'équipe des Fantastiques. Son Bakugan, Hydorous, est véritablement le prince des mers.

LIGHTNING

Ce bouledogue au caractère bien trempé n'est pas un chien ordinaire. Comme les autres Fantastiques, il peut combattre avec un Bakugan... même s'il a un peu peur du sien, Howlkor !

AJIT

Le mystérieux garçon accompagné d'un puissant Bakugan Doré n'a qu'un souhait : défier Dan et Drago. Pourtant, il ne semble rien connaître aux Bakugan. Qui est-il vraiment ?

CHINA RIOT

China est une Combattante très talentueuse. Le problème, c'est son caractère... Elle se prend pour une star et elle veut prouver au monde entier qu'elle est la meilleure !

BENTON DUSK

Benton est un vieil ami des Combattants Fantastiques. Passionné par les Bakugan, il lutte pour leur protection et défend leur culture à travers le monde.

Chapitre 1

DE MYSTÉRIEUSES RUINES

C'est un événement à Los Volmos ! Des traces d'une civilisation ancienne ont été découvertes à proximité de la ville... Et les experts estiment que ces ruines datent d'il y a plus de douze mille ans ! Journalistes et curieux se pressent à présent aux abords du chantier pour admirer cette extraordinaire découverte. Les Fantastiques ne manquent pas à l'appel. Mais l'accès au site des fouilles est réservé aux professionnels ; ils sont donc contraints d'observer les ruines à travers un grillage.

– Ça a l'air vraiment chouette ! s'écrie pourtant Dan, très enthousiaste. Qu'y a-t-il à l'intérieur, selon vous, les amis ?

– Qui dit ruines antiques dit trésors antiques ! s'exclame Wynton. Je suis certain que ce bâtiment cache les trésors les plus fabuleux qu'on puisse imaginer...

Lightning approuve d'un aboiement excité.

– J'aimerais tellement voir ce qu'il y a là-dedans, soupire Dan. Vous croyez qu'il existe un moyen d'entrer ?

– Absolument pas. C'est impossible, tranche Lia, bien obligée de ramener son ami à la raison.

– Mais pourquoi ? gémit Dan, frustré.

Le pauvre n'a pas l'habitude d'être tenu à l'écart de l'action...

Au même moment, une équipe d'archéologues pénètre à l'intérieur des ruines. Ils portent tous le même uniforme kaki, ainsi que des casques de chantier jaunes, munis d'une lampe frontale.

Ils progressent dans un long couloir, puis s'arrêtent face à un mur recouvert de mystérieux dessins et symboles.

– Regardez ça, professeur ! souffle un membre de l'équipe, fasciné.

– Ces peintures murales sont tout simplement magnifiques,

approuve le responsable de l'expédition. C'est incroyable...

Le premier archéologue désigne un autre mur, un peu plus loin.

– Là-bas ! s'exclame-t-il. Il y a d'autres peintures !

Il fait quelques pas vers le mur, quand, soudain, une dalle s'enfonce sous ses pieds !

– Prenez garde ! l'avertit le professeur, alors que des pointes acérées apparaissent au plafond, lequel se met à descendre en direction du sol.

L'homme a juste le temps de reculer. Une seconde de plus et il aurait été transpercé !

– C'est un piège pour empêcher les intrus de pénétrer dans ce lieu, explique le professeur, en désignant les lourdes chaînes du mécanisme secret.

– Je crois que nous ne devrions pas aller plus loin, murmure une archéologue, effrayée.

– Mieux vaut faire demi-tour, approuve l'un de ses collègues.

Nous reviendrons plus tard avec des renforts.

– Hors de question, réplique le professeur sur un ton mauvais.

Son équipe le regarde s'éloigner sans comprendre. Quand il se retourne, il porte un masque à gaz sur le visage.

– Je ne pourrai pas faire mon travail s'il y a trop de gens ici, déclare-t-il en brandissant une étrange canne devant lui.

Il active un mécanisme qui libère un épais gaz blanc. Bientôt, tous les archéologues se mettent à tousser.

– Qu'est-ce qui se passe ? demande l'un d'eux.

– Professeur..., gémit un autre. Pourquoi... ?

– Je ne suis pas professeur, réplique l'homme à la canne. En réalité, si je suis venu ici, c'est pour voler quelque chose.

D'un geste, il ôte son déguisement d'archéologue pour révéler l'élégante tenue qu'il porte en dessous : pantalon et chemise à jabot kaki, long manteau violet et masque de renard assorti sur les yeux.

– Un voleur fantôme ! comprend l'un des archéologues.

– Je m'appelle Storm, déclare l'homme avec fierté. Je suis un brillant voleur fantôme. Quoi que vous fassiez, vous ne pourrez pas m'empêcher d'arriver à mes fins !

À cet instant, un autre archéologue, beaucoup plus petit que les autres, sort de l'ombre. Lui aussi porte un masque à gaz. C'est un complice !

– Grâce à nos déguisements, personne ne nous a reconnus, Storm, lance-t-il.

– Appelle-moi Maître, le corrige le voleur. Et n'oublie pas : tu es encore mon apprenti.

Avec un petit rire, l'autre acquiesce.

– Oui, c'est vrai. Désolé !

Il en profite pour enlever, lui aussi, sa tenue d'archéologue, et révéler un costume blanc au revers rouge et un chapeau blanc. Il porte un masque qui cache le bas de son visage, mais on aperçoit ses yeux et la cicatrice qui barre son sourcil...

– Viens, Ajit, lui ordonne son maître. Nous avons du travail à faire...

– J'arrive, Storm !

Le voleur fantôme et son complice s'éloignent. Avant de s'évanouir sous l'effet du gaz, l'un des archéologues aperçoit quelque chose. Mais oui... c'est un Bakugan Doré qui suit le jeune apprenti !

Chapitre 2

LA SALLE DU TRÉSOR

Quelques mètres plus loin, Storm et Ajit parviennent devant un gouffre impressionnant, seulement traversé par un étroit pont de pierre.

– La salle du trésor se trouve de l'autre côté, explique le voleur fantôme. Mais, évidemment, ce chemin est piégé...

Il se tourne vers son apprenti et lance :

– Ajit, essaie de traverser.

– Mais vous venez de dire que c'est un piège ! proteste le garçon.

– En effet, confirme son maître. Je veux savoir si tu es capable de surmonter cette épreuve...

Ajit hoche la tête, déterminé.

– Je peux le faire ! déclare-t-il.

Prudemment, il s'avance sur le pont de pierre. À peine a-t-il fait quelques pas que le piège se déclenche : des centaines de flèches jaillissent des trous percés dans les murs !

Heureusement, Ajit n'est pas un débutant. Il se lance dans une incroyable chorégraphie pour éviter les projectiles : il bondit, recule, bascule sur les mains... et parvient au milieu du pont sans une égratignure.

La pluie de flèches semble s'être arrêtée. Il regarde autour de lui, étonné.

– Quoi ? C'est tout ?

Au même instant, un mécanisme se déclenche, pour tirer une flèche unique... qui file droit vers le dos tourné d'Ajit !

Un cri retentit à travers les ruines. Le pont de pierre est vide. Le garçon a-t-il chuté dans le gouffre ? Non ! Il est suspendu en dessous, se maintenant à la force de ses jambes !

– Vous avez cru que j'étais tombé, n'est-ce pas ? rigole-t-il. Je vous ai bien eu !

La voix de son maître résonne non loin de lui.

– Il te reste encore beaucoup de choses à apprendre...

Surpris, Ajit se hisse sur le pont et regarde autour de lui. Aucune trace de Storm.

– Où êtes-vous ? crie-t-il.

– Je suis déçu, lui répond Storm, qui vient de réapparaître de l'autre côté du pont.

– Comment avez-vous traversé ? s'étonne Ajit.

– Atteindre l'objectif sans attirer l'attention, c'est ce que font tous les grands voleurs fantômes, déclare son maître.

– Vous êtes incroyable, Storm, admire le garçon.

– Je t'ai déjà dit de m'appeler Maître...

– Très bien, Maître Storm, répond Ajit.

Le voleur fantôme soupire. Son apprenti est plein de bonne volonté, mais il a parfois du mal à comprendre ce qu'on attend de lui...

Comme l'équipe d'archéologues ne donne pas de nouvelles, des agents de sécurité finissent par entrer à leur tour dans les ruines. Ils y découvrent les scientifiques évanouis et appellent les secours.

Un quart d'heure plus tard, les ambulanciers sortent les archéologues des ruines sur des civières.

– On dirait qu'ils ont été gazés, observe l'un d'eux.

– Il y en a un qui revient à lui, fait remarquer son collègue.

Effectivement, l'un des archéologues ouvre les yeux. Faiblement, il gémit :

– Un voleur fantôme... Et il y avait un... Bakugan.

L'ambulancier ne comprend pas et lui demande de répéter. Les Fantastiques, en revanche, ont tout entendu ! Cachés derrière des rochers non loin de l'entrée des ruines, ils font le point.

– Un voleur fantôme ? répète Wynton. Je ne savais pas qu'ils existaient vraiment !

– Et il a dit qu'il y avait aussi un Bakugan, ajoute Lia.

– S'il y a des Bakugan là-dedans, alors on doit absolument entrer ! tranche Dan, trop heureux d'avoir enfin un bon prétexte pour satisfaire sa curiosité.

Pendant ce temps, Storm et Ajit parviennent devant la salle du trésor. Par la porte ouverte, ils aperçoivent un amoncellement d'or, de bijoux et de pierres précieuses.

– Nous y voilà ! annonce le voleur fantôme.

– Waouh ! s'exclame Ajit.

– L’or, l’argent et les pierres précieuses ne m’intéressent pas le moins du monde, précise Storm. Ce que je cherche est beaucoup plus rare. Je savais que je la trouverais ici ! ajoute-t-il avec un rire satisfait.

– Quoi donc ? le questionne son apprenti.

Le voleur fantôme désigne la sculpture posée sur un piédestal au centre de la salle.

– Une ancienne statuette en pierre représentant un Bakugan.

– Pourquoi se trouve-t-elle dans ces ruines antiques ? interroge Ajit.

– Eh bien, explique son maître, certains spécialistes pensent qu'il y a eu jadis des Bakugan sur la Terre, comme en témoignent les artefacts qui ont été découverts dans des ruines antiques à travers le monde.

Le garçon pousse un sifflement admiratif. Décidément, il a encore beaucoup à apprendre !

– Cette statuette est à la fois impressionnante et subtile. Elle est d'une beauté exceptionnelle ! s'enflamme Storm, loin de son calme habituel. C'est moi qui posséderai la plus importante collection d'art Bakugan au monde... Oh, elle est vraiment magnifique !

Son apprenti lui lance un regard étonné.

– J'ai l'impression que les Bakugan vous passionnent vraiment...

– J'affectionne particulièrement l'art Bakugan, corrige le voleur fantôme. Les vrais Bakugan ne m'intéressent pas.

Ajit hausse les épaules. Il ne comprend pas vraiment son maître. Mais peu importe, c'est cet objet qu'ils sont venus chercher, alors ils vont le récupérer !

Il s'avance, prêt à pénétrer dans la salle.

– Halte ! crie Storm, en pointant du doigt le plafond de la pièce, couvert de pointes acérées, prêtes à transpercer quiconque osera profaner le trésor. Si tu entres, tu finiras embroché.

– Alors, comment va-t-on faire ? demande Ajit.

Son maître recule d'un pas et désigne le symbole gravé sur le mur, à droite de la porte. Il représente un soleil.

– J'ai déjà vu un mécanisme qui ressemblait à celui-ci, explique-t-il.

Il tend une oreillette à son apprenti et poursuit :

– Voici ton dispositif de communication. Pour désamorcer ce piège, nous devrons appuyer sur

deux symboles complémentaires exactement au même moment.

En quelques minutes, il explique à Ajit la suite de son plan...

Chapitre 3

Ça y est, les Fantastiques passent à l'action ! Entraînés par Dan, ils se sont faufilés à l'intérieur des ruines sans se faire remarquer... Mais il y en a une à qui ça ne plaît pas.

– Sérieusement, on ne devrait pas être ici ! peste Lia.

– On ne peut pas laisser ce voleur s'en tirer comme ça, réplique Dan. On doit l'arrêter !

– Sauf qu'on ne sait pas ce qu'il y a ici, intervient Shun. La prudence est de mise...

– Oui, oui ! fanfaronne Dan. Je suis sûr que tout va bien se...

Au beau milieu de sa phrase, le Combattant pose un pied sur une dalle piégée. Aussitôt, elle se dérobe sous son poids, et il chute dans le vide en hurlant :

– ... passeeer !

– Dan ! crient ses amis, paniqués.

Mais il est trop tard pour l'aider...

Au même moment, Ajit parvient dans la pièce secrète que lui a indiquée son maître. C'est une salle sombre, dans laquelle se dressent de hautes colonnes.

– Où est donc ce mécanisme ? s'interroge à haute voix le garçon, en regardant partout autour de lui.

Soudain, il aperçoit un symbole sur le mur du fond. Il représente une lune.

– C'est sûrement ça ! s'exclame-t-il, ravi.

Mais alors qu'il se dirige vers le mécanisme, un grand bruit retentit dans son dos. Puis une fumée blanche envahit la salle.

Sans le savoir, Dan vient de mettre des bâtons dans les roues d'Ajit. En effet, après une très longue chute, il a atterri dans la même pièce secrète ! Et, en touchant le sol, il a déclenché un autre piège. Voilà pourquoi un gaz blanc entoure maintenant les deux garçons !

« C'est quoi, ce brouillard ? s'inquiète Dan, avant de se mettre à tousser. La fumée me pique les yeux... Il faut que je sorte d'ici ! »

De son côté, Ajit tousse, lui aussi.

« Quelqu'un a déclenché un autre piège, comprend-il. Mais comment ? »

Il tente de regarder autour de lui, en vain. On n'y voit rien.

À quelques mètres de lui, Dan imagine une solution. Il brandit son fidèle Bakugan enroulé et le lance en criant :

– Bakugan, au combat ! Bakugan, transformation !

Aussitôt, Drago se déploie en rugissant.

– Laisse-moi faire, Dan ! propose le Bakugan. Je vais t'aider à sortir d'ici.

Malheureusement, il se met à tousser, lui aussi !

« Oh non ! comprend Dan. Drago aussi est gêné par la fumée ! »

De l'autre côté de la pièce, Ajit tousse encore sans pouvoir s'arrêter. Tout à coup, Pharol s'approche pour l'alerter : il aperçoit une forme menaçante !

– Regarde ! dit le Bakugan Doré en pointant la silhouette indistincte de Drago. Qu'est-ce que c'est ?

– Je ne sais pas ! avoue Ajit.

Mais, dans le doute, il préfère être prudent.

– Bakugan, au combat ! commande le garçon.

À son tour, Pharol se déploie et rugit.

La transformation alerte Dan.

– Il y a quelque chose là-bas ! s'écrie-t-il.

– Je m'en occupe ! lance Drago en bondissant vers l'avant.

– C'est parti ! déclare Pharol de son côté.

Chapitre 4

LA FUITE

Bien plus haut, dans le couloir où progressent Wynton, Lia, Lightning et Shun, le sol se met à trembler. Les amis s'interrogent : est-ce que Dan y est pour quelque chose ? Impossible de le savoir… En attendant, ils doivent continuer à avancer s'ils veulent le retrouver…

Dans la pièce secrète, les Combattants attaquent, sans savoir ce qu'ils affrontent.

– Drago, Tornade Pyrus ! ordonne Dan.

Mais son fidèle Bakugan est impuissant : ses yeux le brûlent et ses pouvoirs n'opèrent pas... C'est sûrement à cause du gaz !

Ajit demande à Pharol de lancer Souffle Ardent, mais le Bakugan Doré en est incapable.

Dans l'oreillette de l'apprenti, la voix de Storm s'élève :

– Qu'est-ce que tu fabriques ? J'attends ton signal. Dépêche-toi !

« Je dois faire quelque chose, et vite ! » panique Ajit.

Le problème, c'est que son Bakugan Doré est mal en point. Il se frotte les yeux, sans parvenir à chasser le gaz qui les brûle. Soudain, le garçon a une idée. « Du vent ! songe-t-il. Voilà ce qu'il faut ! »

– Tempête de sable Aurelus ! s'écrie-t-il.

Et son plan fonctionne : en quelques secondes, l'attaque dissipe le gaz ! Mais elle frappe aussi de plein fouet le pauvre Drago, aveuglé. En un clin d'œil, ses points de vie passent de 600 à 50 !

– Storm ! appelle Ajit. Ça y est, je suis en position !

Maître et apprenti se tiennent devant les symboles du soleil et de la lune, prêts à les frapper. Pour être parfaitement synchronisés, ils comptent ensemble :

– Trois, deux, un !

Le mécanisme s'active et, aussitôt, les pointes disparaissent dans le plafond de la salle du trésor.

La voie est libre pour le voleur fantôme !

Aux anges, Storm se dirige vers la sculpture.

– Enfin, elle est à moi ! triomphe-t-il.

Alors qu'il s'apprête à la saisir, une voix s'élève dans son dos.

– Plus un geste ! ordonne Shun.

Le voleur fantôme se retourne et découvre quatre des cinq Fantastiques face à lui. Lia filme la scène avec son téléphone.

– Alors, voilà à quoi ressemble un voleur fantôme ! s'exclame-t-elle. Ce n'est pas tous les jours que j'ai la chance d'en filmer un...

– Vous êtes les Fantastiques, les célèbres Combattants, les reconnaît Storm. Et, étonnamment, vous ne semblez pas du tout avoir peur de moi. C'est vraiment très étrange...

– Éloignez-vous de cette statuette immédiatement ! crie encore Shun.

Le voleur fantôme éclate de rire.

– N'y pensez même pas ! rétorque-t-il. Seul un fin connaisseur est capable d'apprécier l'art véritable. Si cet artefact tombait entre les mains d'un imbécile, il perdrait tout son sens. Je suis la seule personne qui puisse vraiment comprendre sa beauté profonde ! Il est donc parfaitement normal que ce soit moi qui le possède !

Cette tirade laisse Shun bouche bée. Lia, en revanche, ne se laisse pas impressionner.

– Je ne suis pas d'accord, déclare-t-elle. Pegatrix !

Son fidèle Bakugan vient se poser dans sa main.

Pour toute réponse, Storm lance une rose, qui se plante dans le sol, devant les Fantastiques.

– Je suis un voleur fantôme, explique-t-il. Je ne suis pas un cambrioleur qui fait usage de la force brutale. Si les Bakugan devaient envahir cet endroit,

ces précieuses ruines seraient détruites. Et cela porterait atteinte à mon sens esthétique...

À cet instant, la rose produit une lumière éblouissante. Les Combattants se protègent les yeux.

– Je vais maintenant me retirer ! leur crie Storm. Nous nous reverrons, les Fantastiques...

Quand les amis rouvrent les yeux, il a disparu...

– Il s'est sauvé, mais il n'a rien emporté avec lui, remarque Shun, en ramassant la carte que le voleur fantôme a laissée derrière lui.

Étrange... Lia hoche la tête, puis elle ajoute :

– C'est bizarre, j'ai l'impression qu'on oublie quelque chose...

En effet, dans la pièce secrète, Dan et Drago attendent toujours qu'on vienne les sauver !

À l'extérieur, la nuit est tombée. Un vaisseau décolle, emportant le voleur et son apprenti dans les airs.

– Je n'arrive pas à croire que je retourne chez moi les mains vides, marmonne Storm.

– C'est pour ça que vous êtes si fâché ? le questionne Ajit.

– Je ne suis pas fâché, répond son maître. Mais nous allons reprendre l'entraînement depuis le début…

Ajit gémit, désespéré.

BAKUGAN

Chapitre 5

Une semaine plus tard, la chaîne de télévision locale de Los Volmos diffuse une information exclusive. L'Institut de Recherches Archéologiques vient de recevoir une lettre de menace du voleur fantôme ! Ce dernier promet de dérober l'artefact trouvé récemment dans les ruines antiques, près de la ville.

Il déclare même qu'il viendra ce soir s'emparer de la précieuse statuette Bakugan !

– La direction de l'Institut prend cette menace très au sérieux, explique la journaliste à l'écran. Croyez-vous qu'il y ait un danger réel ? demande-t-elle au directeur, debout face à elle.

Ce dernier lisse sa moustache, très sûr de lui.

– Même si la menace est réelle, notre système de sécurité est infaillible, assure-t-il. Le voleur fantôme n'arrivera jamais à mettre la main sur l'un de nos artefacts !

Perchés sur le toit d'un immeuble voisin de l'Institut, Ajit et son maître observent la scène avec leurs jumelles.

– Je ne suis pas qu'un simple voleur fantôme, déclare Storm. Je suis le plus brillant des voleurs fantômes !

Son apprenti toussote à côté de lui.

– Je voulais vous demander… Vous pourriez me laisser faire tout le travail ce soir ?

– Tu veux travailler en solitaire ? s'étonne Storm.

– C'est ma faute si nous avons échoué la dernière fois. Alors, j'aimerais réparer mon erreur ! explique le garçon.

– En es-tu certain, Ajit ? Tu sais que la sécurité de l'Institut aura une aide bien particulière ce soir…

– Oui, je le sais, confirme l'apprenti. Tout ira bien. J'ai une bonne idée, monsieur Storm.

Le voleur fantôme serre les dents.

– Appelle-moi Maître, répète-t-il pour la centième fois.

À l'Institut, l'aide bien particulière dont parlait Storm est arrivée. Et il s'agit des cinq Fantastiques !

– Vous n'avez rien à craindre, promet Dan au directeur. Personne ne pourra voler quoi que ce soit !

Puis il se tourne vers ses amis pour rappeler :

– Notre mission est de protéger la statuette !

Ses amis approuvent, déterminés. Soudain, une voix s'élève dans leur dos.

– Vous semblez vraiment être prêts !

Dan se retourne et reconnaît Ajit, le Combattant au Bakugan Doré, qu'il a rencontré il y a quelque temps.

– Dis donc, ça tombe bien que tu sois là ! s'écrie-t-il, ravi. On peut terminer le combat qu'on a commencé. Qu'est-ce que tu en penses ?

– Ce n'est pas le moment de faire un combat ! le sermonne Lia.

– On doit monter la garde ! lui rappellent Shun et Wynton.

Décidément, leur ami manque un peu de concentration...

– Je peux vous aider à monter la garde si vous voulez, propose Ajit. Promis, je serai très utile. Je suis un spécialiste des voleurs fantômes !

Il brandit un épais dossier, qu'il tend aux Fantastiques.

– C'est toi qui as fait toutes ces recherches, Ajit ? questionne Shun, admiratif.

– Je collabore avec Storm, commence le garçon. Je veux dire que j'ai toujours été intéressé par ce que fait Storm, se reprend-il. J'en sais plus que quiconque sur ce voleur fantôme !

Lia prend Dan à part pour l'interroger :

– Qu'est-ce que tu en penses ?

Le garçon secoue la tête.

– Pas question qu'il se joigne à nous ! À moins... que tu ne me promettes de te battre contre moi quand on aura terminé cette mission ! propose-t-il à Ajit.

Ses amis n'en reviennent pas.

– Les combats, c'est tout ce qui l'intéresse, soupire Wynton.

– Ça me va ! accepte Ajit.

Quelques heures plus tard, les Fantastiques et Ajit se retrouvent dans la salle de l'Institut où est exposée la précieuse statuette. Dans le couloir, les agents de sécurité sont sur le qui-vive, prêts à intervenir au moindre mouvement ou bruit suspect...

Dan soupire en regardant la sculpture ancienne. Rester dans cette pièce presque vide, sans rien faire d'autre que surveiller un objet, c'est un peu ennuyeux.

– Notre mission est très importante, lui rappelle Wynton, qui prend les choses au sérieux, lui.

Un peu à l'écart, Pharol chuchote à l'oreille d'Ajit :

– Que fait-on, maintenant ?

– On a réussi à s'approcher de la statuette,

souffle l'apprenti voleur. Il ne nous reste plus qu'à attendre le bon moment et à la remplacer par cette réplique, ajoute-t-il en relevant son tee-shirt pour montrer à son Bakugan la copie parfaite qu'il a fait sculpter.

– Qu'est-ce que tu marmonnes dans ton coin ? l'interroge soudain Shun, intrigué.

– Rien du tout ! s'exclame Ajit. En fait... je me disais que Storm pourrait facilement cambrioler l'Institut.

– Tu crois ? s'inquiète Lia. Même avec le système de sécurité ?

Le garçon secoue la tête.

– Vous ne comprenez pas, répond-il. Je crois que je devrais vous parler de ce personnage. Storm est capable de se faufiler à peu près n'importe où. Nous devons donc bloquer toutes les issues.

Suivant ses instructions, les Fantastiques tentent de sécuriser la salle. Ils vont jusqu'à placer de larges bandes de ruban adhésif sur la grille d'aération, pour que le voleur ne puisse pas entrer par là.

– Storm est aussi un maître de la dissimulation, explique ensuite Ajit. On ne sait jamais comment il pourrait se déguiser...

Pile à ce moment-là, le directeur de l'Institut pénètre dans la pièce.

– Alors, comment ça se passe, ici ? demande-t-il.

Aussitôt, les Fantastiques se précipitent pour l'empêcher d'avancer. Et si c'était Storm ?

– Êtes-vous le vrai directeur ? l'interroge Dan, tandis que Lightning renifle le nouveau venu avec méfiance.

– Vous avez l'air plutôt louche, vous savez? renchérit Lia.

« Et, de plus, Storm travaille avec un apprenti incroyablement doué », songe Ajit avec un sourire satisfait.

Les autres sont occupés. C'est le moment idéal pour procéder au remplacement... Mais c'est compter sans la présence des Bakugan !

– Drago, cette statuette te ressemble étrangement, remarque Trox.

– Elle est vraiment belle, approuve Drago.

– On ne peut pas faire l'échange maintenant, constate Pharol.

Ajit réfléchit un instant, puis murmure :

– Dans ce cas, je vais essayer autre chose...

Chapitre 6

SURPRISES !

Le temps file, à l'Institut, mais rien ne se passe. Les Fantastiques et Ajit ont installé des chaises autour de la statuette, et ils attendent, en s'ennuyant de plus en plus...

– Il est vraiment très tard, les amis, déclare Dan en bâillant. Je commence à être fatigué...

– Est-ce que ce voleur va réellement se manifester ? s'interroge Wynton.

Comme en réponse à sa question, la lumière dans la pièce s'éteint subitement.

– Que se passe-t-il ? s'écrie Lia.

– C'est une panne d'électricité ? demande Shun.

– Je ne vois absolument rien ! s'exclame Wynton.

Le pauvre se prend les pieds dans sa chaise et s'étale de tout son long. Et, une seconde plus tard, c'est au tour de Dan !

« C'est maintenant ou jamais ! » pense Ajit, qui a enfilé des lunettes infrarouges pour voir dans le noir. C'est lui qui a ordonné à Pharol d'éteindre la lumière !

À pas de loup, il s'approche de la statuette.

Mais, une fois de plus, l'apprenti a oublié la présence des Bakugan ! Drago crache un jet de flammes qui éclaire Dan.

– Est-ce que tout va bien ? lui demande-t-il.

– Merci, Drago ! répond Dan avec un sourire reconnaissant.

Soudain, son regard se pose sur Ajit, qui a une main levée pour attraper la statuette...

– Qu'est-ce que tu fais ? le questionne Dan.

– Oh, euh... Je voulais seulement m'assurer que la statuette était en sécurité, prétend Ajit, gêné.

– Ah, d'accord ! répond Dan, rassuré.

Drago en profite pour cracher un nouveau jet de flammes, plus puissant encore, afin d'éclairer toute la pièce. Ce qu'il n'avait pas prévu, c'est que cela déclencherait l'alarme incendie ! Une sirène retentit dans tout l'Institut, puis les jets d'eau intégrés au plafond se mettent en marche. En quelques secondes, tout est trempé : les Fantastiques, les gardes et la statuette !

Cette fois, le directeur est furieux. Une fois l'alarme coupée, il sermonne Dan et ses amis :

– Vous voyez ce que vous avez fait, bande de vauriens ? À cause de vous, tout l'Institut est endommagé !

En un clin d'œil, il les met à la porte.

– Je le comprends, soupire Lia, alors que le petit groupe se retrouve devant l'Institut.

– Inutile de se morfondre, ça n'arrangera pas les choses, tranche Wynton.

– Patrouillons à l'extérieur et essayons de garder un œil sur la statuette, suggère Shun.

– Vous avez raison, approuve Dan. Très bien, au travail, les Fantastiques !

– Euh… les amis ? les interrompt Ajit, surpris. Pourquoi voulez-vous continuer ? Si jamais la statuette est volée, cela ne vous concernera pas personnellement.

Et le Directeur vous en veut déjà, de toute façon. Vous n'avez rien à y gagner. La plupart des gens abandonneraient...

Les Fantastiques échangent des regards complices.

– Au contraire, on a tout à y gagner ! déclare Dan. Si on travaille dur et qu'on rend les gens heureux, ça nous rend heureux, nous aussi !

– On est toujours contents d'aider les autres, approuve Lia.

– Autrement dit, renchérit Wynton, tout le monde y gagne !

– Et il n’y a rien de mieux que ça ! conclut Shun.

Même Lightning acquiesce.

Ajit n’en revient pas. Ils vont poursuivre leur mission... Ces cinq-là sont vraiment fantastiques !

– Tu continues à nous aider, Ajit ? demande Dan.

– Désolé, j’ai beaucoup de choses à faire, prétend le garçon. Je dois partir, maintenant. Je sais que je t’ai promis un combat, mais...

– ... la prochaine fois ! le rassure Dan en souriant. Tu ne perds rien pour attendre !

Ajit hoche la tête et s’éloigne au pas de course.

Une fois dans la forêt qui borde l'Institut, l'apprenti remet sa tenue blanche.

– On va chercher la statuette ? lui demande Pharol.

– Non, c'est déjà fait, réplique fièrement Ajit. J'ai échangé les statuettes quand les jets d'eau se sont déclenchés...

Au même moment, dans l'Institut, le directeur passe délicatement une serviette sur la précieuse sculpture, pour absorber l'eau. Il ne faudrait pas que l'artefact soit endommagé !

Soudain, il se fige, sourcils froncés. La statuette déteint sur la serviette blanche. C'est impossible ! Pire encore : sous ses yeux, la tête se détache, pour révéler... une carte du voleur fantôme !

Aussitôt, le directeur active l'alarme. Puis il file à l'extérieur pour avertir les Fantastiques :

– Il nous a eus ! hurle-t-il. Il a réussi à voler la statuette !

Chapitre 7

LE BAKUGAN INVISIBLE

Le voleur ne peut pas être bien loin. Alors les Fantastiques n'hésitent pas : ils s'élancent aussitôt à sa poursuite ! Les agents de sécurité fouillent les environs, eux aussi. Mais les Combattants ont un atout : ils chevauchent leurs Bakugan, ce qui leur donne une large vue des alentours !

Ils ne tardent pas à apercevoir plus bas la silhouette blanche de l'apprenti.

– Reviens ici ! hurle Dan.

Mais, évidemment, Ajit ne lui obéit pas. Il se dissimule derrière un arbre.

– Déploie-moi ! grogne Pharol, prêt à combattre.

– Je ne peux pas, rétorque Ajit. Si je te déploie, ils nous reconnaîtront...

Il réfléchit, puis s'écrie :

– Je sais ce qu'on va faire : on va jouer à cache-cache !

Les Fantastiques sont descendus de leurs Bakugan et tous fouillent le secteur. Mais, soudain, Pegatrix reçoit un coup violent à la tête ! Puis c'est au tour d'Hydorous...

– Mais qu'est-ce qui se passe ? s'inquiète Wynton.

Quand Trox est frappé, lui aussi, il réplique, furieux, d'un coup de queue. Et son attaque fait mouche !

– C’est un Bakugan invisible qui nous attaque ! comprend Shun en voyant la scène.

Les Fantastiques et leurs Bakugan n’en reviennent pas. Ils n’ont jamais vu ça !

– Alors, vous abandonnez, maintenant ? lance la voix déguisée d’Ajit. Je ne voudrais blesser personne...

– Abandonner ne fait pas partie de notre vocabulaire ! réplique Dan, déterminé. On ne peut pas te voir, mais on sait que tu es là. Drago, à l’attaque ! Rafale Incendiaire !

Ravi, Drago s’exécute. Ses coups révèlent le contour

de l'ennemi invisible. Dan en profite pour enchaîner. Il lance un BakuCore à Drago et ordonne :

– Tornade Pyrus !

Mais Pharol parvient à repousser les flammes de Drago ! Il réplique sans attendre avec Souffle Ardent. L'attaque est terrible. Drago passe de 700 points de vie à 400... L'apprenti voleur choisit ce moment pour sauter sur le dos de Pharol.

– Le combat est terminé ! déclare-t-il. Au revoir, les Fantastiques !

En un éclair, son Bakugan, toujours invisible, s'envole, puis disparaît au loin.

– Ce n’est pas vrai ! soupire Lia.

– La statuette..., murmure Shun.

– Ne vous inquiétez pas, tout va bien ! les rassure Wynton.

– Eh oui ! confirme Dan avec un large sourire.

Mais que veulent-ils dire ?

Ajit rejoint son maître sur le toit du bâtiment voisin.

– J’ai réussi ! annonce-t-il. Voici la statuette.

Storm saisit l’artefact, l’examine quelques instants... puis le laisse tomber à ses pieds, où il se brise en mille morceaux.

– Pourquoi avez-vous fait ça ? s'écrie Ajit, choqué. Je croyais que c'était ce que vous vouliez !

– On dirait bien que tu t'es fait avoir, mon jeune ami, lui répond son maître.

– C'est un faux, comprend Ajit.

– Oui, a priori ils ont eu la même idée que toi, confirme Storm.

– Et je suis tombé dans le panneau, murmure l'apprenti. Vous m'avez bien eu, les Fantastiques...

– Tu as été incapable d'identifier la réplique et tu t'es laissé duper, reprend le voleur fantôme. Tu as encore beaucoup de choses à apprendre, n'est-ce pas, mon apprenti ?

– Vous allez me punir ? demande Ajit, penaud.

– Non, le rassure son maître. Tu as été ambitieux de vouloir t'occuper de cette mission tout seul.

– Je suis désolé, Storm, souffle Ajit.

– Appelle-moi Maître, répond simplement le voleur fantôme.

Au même moment, à l'Institut, Dan restitue la véritable statuette au directeur.

– Vous l'avez récupérée ? s'exclame ce dernier, stupéfait.

– Eh bien, pas tout à fait, avoue Dan.

– Nous savions qu'il y avait un risque qu'elle soit volée, explique Wynton. Alors, nous en avons fait une réplique exacte, que nous avons mise à la place de l'originale dès notre arrivée à l'Institut.

– Celle-ci est la véritable statuette, confirme Dan. Désolé de ne vous avoir rien dit...

– Inutile de vous excuser ! s'exclame le directeur, soulagé et ravi. Merci beaucoup !

Sous les applaudissements des agents de sécurité et du personnel de l'Institut, les Fantastiques quittent les lieux. Une fois encore, ils ont réussi à accomplir leur mission !

TABLE

hachette s'engage pour l'environnement en réduisant l'empreinte carbone de ses livres. Celle de cet exemplaire est de :
300 g éq. CO_2
Rendez-vous sur
www.hachette-durable.fr

PAPIER À BASE DE
FIBRES CERTIFIÉES

Photogravure Nord Compo - Villeneuve-d'Ascq

Imprimé par Macrolibros en Espagne
Dépôt légal : février 2021
Achevé d'imprimer : juillet 2021
15.5232.9/03 – ISBN 978-2-01-713247-9
Loi n° 49956 du 16 juillet 1949
sur les publications destinées à la jeunesse